FABLES,

PUBLIÉES

AU PROFIT DES INDIGENS,

PAR

J. Héré.

SAINT-QUENTIN.

IMPRIMERIE DE TILLOY, GRAND'PLACE.

1830.

Y

FABLES.

FABLES,

PUBLIÉES

AU PROFIT DES INDIGENS,

PAR

J. Héré.

SAINT-QUENTIN.

IMPRIMERIE DE TILLOY, GRAND'PLACE.

1830.

À Monsieur Guillon,

Chev.r de la Légion d'honneur,

Inspecteur de l'Académie de Paris, &c.

Monsieur,

La rigueur de la saison, qui fait tant de malheureux dans notre ville, m'a suggéré l'idée de publier quelques Fables au profit des Indigens. Sous quelque rapport qu'on le considère, ce petit ouvrage est tout-à-fait sans importance ; mais, s'il peut procurer un peu de pain à quelques-uns de ceux qui ont faim, il aura le mérite d'une bonne action, ce qui vaut mieux que celui des bons vers. C'est à ce titre, Monsieur, que je vous prie d'en agréer l'hommage. Je vous le dédie comme à l'homme le plus ami des hommes que je connaisse.

J'ai l'honneur d'être,

Monsieur,

Votre très-humble & très-obéissant serviteur,

Séré.

FABLES.

La Fermière.

FABLE 1.

Dès que l'aurore vermeille
Vient redorer l'horizon,
Mathurine, en court jupon,
Tenant en main sa corbeille,
Appelle, en imitant leurs cris,
La poule et ses petits.
Soudain à sa voix connue,
Accourent de toutes parts

Poulets, dindons et canards,
Et de pigeons une nue,
Qui connaissent le signal,
Pour prendre part au régal,
A la voix qui les appelle,
Abandonnant la tourelle,
Arrivent à tire d'aile
Vers celle qui les nourrit;
Et Mathurine sourit,
En regardant autour d'elle
Tout ce peuple voltigeant,
 Roucoulant,
 Sautillant,
 Becquetant.
Leur foule reconnaissante
Toujours assiège en sortant
La Fermière bienfaisante.

Voulez-vous éprouver le plaisir le plus doux,
 La plus pure jouissance?
 Pratiquez la bienfaisance,
 Les cœurs voleront à vous.

Les deux Arbres.

FABLE 2.

Dᴀɴs un jardin, près d'un ruisseau,
Deux Sauvageons du même âge,
Respirant le même air, nourris de la même eau,
Déjà forts, déployaient autour d'eux leur feuillage.
« Pourquoi ces arbrisseaux seraient-ils délaissés?
« Dit le maître à ses gens. Ce serait grand dommage
« Que des arbres si verts et si bien élancés,
« Ne portassent qu'un fruit sauvage.
« Que l'on greffe à mes yeux l'un des deux en ce jour;
« L'autre, demain, aura son tour. »

2

Soudain on se met en besogne,

On coupe, on scie, on taille, on rogne,

Et la branche gourmande et le trop long rameau

Tombent en un clin d'œil sous le tranchant ciseau.

Puis une main habile insère

Sur la branche coupée une tige étrangère.

Dès que l'on fut parti :

« Ma foi, mon cher, te voilà bien loti,

« Dit l'autre Arbre; j'admire ici ta patience.

« Tu n'as plus de toi-même aucune ressemblance !

« T'avoir ainsi tondu !... c'est une indignité !

« Si je n'étais témoin de la métamorphose,

« Je te méconnaîtrais après semblable chose.

« Et tu pus endurer d'être ainsi maltraité !

« Le tout pour contenter les goûts d'un hypocondre!

« Ce n'est pas là mon fait,

« Et ne suis pas d'avis de me faire ainsi tondre.

« Je tiendrai ferme. » Il tint ferme, en effet :

En vain, pour entamer une branche menue,

Notre homme impatient s'échauffe, souffle, sue,

L'Arbre tient bon, serre, durcit sa peau,

La rend impénétrable à la scie, au ciseau.

L'homme enfin se retire,

Et l'Arbre de sourire.

Bientôt le rieur est surpris
De voir que son voisin qui causait son mépris
    Se couvre de feuilles plus belles,
Qu'un fruit vermeil s'attache à ses branches nouvelles,
Que chacun le chérit pour ses fruits savoureux.
Il reconnaît sa faute. Il est plus malheureux;
Comme il nuit au jardin par son ombre inutile,
On l'arrache, on le jette en un champ peu fertile,
Dans un sable brûlant, sur un âpre caillou,
Heureux, pour y languir, de rencontrer un trou.

C'est l'éducation, ce n'est pas la naissance
Qui parmi les mortels met quelque différence.

Le Chat

ET

LES PETITS OISEAUX.

FABLE 3.

—

Un Chat, dans son jeune âge,
Faisait d'oiseaux un terrible carnage,
Ne trouvant à son goût de passable repas,
Sans quelque gras moineau bouilli dans son potage;
C'était sa poule au pot, ses morceaux délicats.

Sitôt qu'aux environs d'une grange mal close,
Il en paraissait un, d'un seul saut, d'un seul bond,
Notre maître Mitis vous happait l'oisillon :
L'empaumer, l'étrangler, n'était que même chose,
Et dans ses mouvemens le Chat était fort prompt.
Mais, l'âge de sa griffe enchaînant la souplesse,
Il lui fallut montrer moins de délicatesse :
  Au lieu d'oiseaux, manger des rats ;
Et ces derniers encor ne surabondaient pas.
Un jour qu'il parcourait et greniers et gouttière,
Il vit un trébuchet laissé dans la poussière.
  « Fortune !... dit le Chat ;
  « Je vais, je m'imagine,
« Tirer un bon parti d'une telle machine !
« Oiseau, s'il m'en souvient, était un très-bon plat ;
« Vous reviendrez, amis, rôtir dans ma cuisine,
« J'en jure par ma griffe. » On a vu de tout temps,
Les méchans de malfaire observer les sermens.

Le Chat remplit de grains la machine traîtresse,
La prend entre ses bras, sur ses deux pieds se dresse,
 Court la porter sur le plus haut des toits ;
  Et puis, adoucissant sa voix,
  Il dit aux petits volatiles :

« Amis, je viens de trouver un trésor,

« Non pas pour moi, des grains me sont fort inutiles,

  « Mais c'est pour vous un riche coffre-fort.

« Il est à vous, voyez si je vous aime en père !...

« Il est vrai qu'autrefois je fus un peu moins doux ;

  « Mais à mes soins désormais fiez-vous ;

« Car je veux réparer mes torts par leur contraire. »

Pendant que notre Chat prolonge son sermon,

  Plus d'un oiseau saute dans la prison.

    Un seul, en ces mots, l'interrompt :

    « Ce que tu dis est bel et bon ;

« Pourtant de m'y fier je n'aurai la sottise.

« Toi, Chat, pour notre espèce autrefois loup glouton,

    « Tu serais devenu mouton !...

« Un méchant est méchant même avec barbe grise.

« Je ne crois pas du tout à ta conversion,

    « Et fais vœu de n'y croire,

    « Tant qu'après la mâchoire

    « Je te verrai des dents :

« D'un ancien ennemi je crains jusqu'aux présens. »

 La Fourmi

ET

LE VER LUISANT.

FABLE 4.

UNE Fourmi, dans son cerveau,
Depuis long-temps méditait un voyage ;
Elle voulait voir la liquide plage,
Connaître le monde nouveau ;
Etudier les lois, les mœurs et les usages
Des différentes nations ;
Même de leurs erreurs retirer des leçons,
Selon que de tous temps en ont agi les sages.

Ce projet était grand , mais ne l'effrayait pas ;

    Et , pour plus grande diligence ,

Dans l'ombre de la nuit , pour éclairer ses pas ,

    Elle comptait sur la présence

  D'un Ver luisant , son ami , son voisin.

On va lui proposer à l'instant ce dessein.

Empressé de briller sur un autre hémisphère ,

Le Ver luisant l'approuve , et promet sa lumière

    A dame de la Fourmillière.

« Ne crains pas , lui dit-il , de ténèbres , ma chère ;

« Je préside à la nuit , comme Phébus au jour ,

    « Et le soin d'éclairer la terre

    « N'est pas au seul Phébus , mon frère ;

« Nous partageons l'empire et brillons tour à tour.

      « Oui , la nuit la plus sombre

    « Auprès de moi perdra son ombre.

    « Je te servirai de fanal ;

    « Dans ce charmant pèlerinage ,

    « Nous marcherons d'un pas égal. »

« — Nous marcherons ! marchons , sans tarder davantage. »

    Et voilà nos gens en voyage.

Dès que le jour eut fait place à la nuit :

« Vois , dit le Ver luisant , comme l'ombre me fuit !...

« Vois comme de mes feux s'éclaire au loin la route !... »

« — J'ai beau fixer les yeux, tout franc, je n'y vois goutte,

« Lui répond la Fourmi ; je ne profite pas

« D'une faible clarté qui ne luit qu'à tes pas. »

« — D'une faible clarté ! dis-tu, ma bonne ; écoute :

« Viens te placer à mon côté,

« Tu verras si je luis d'une faible clarté. »

En achevant ces mots, le Ver luisant s'oublie ;

Mal-à-propos officieux,

Il tourne obliquement son côté lumineux ;

Il se prive du jour pour guider son amie,

Qui pour cela n'en voit pas mieux.

Ils arrivent bientôt au bord d'un précipice ;

Ne voyant pas l'écueil, ils marchent, leur pied glisse,

D'une chute commune ils périssent tous deux.

En formant des projets n'ayons pas la sottise

De compter sur autrui : cet espoir est trompeur ;

Et, dans une folle entreprise,

Un mauvais guide est un second malheur.

ET

LE RUISSEAU.

FABLE 5.

Enfanté par l'orage,
Un Torrent vit sur son passage
Un Ruisseau qui suivait modestement son cours.
Le Torrent, gonflé d'arrogance,
Lui tint à peu près ce discours :
« Toi qui rampes sous l'herbe, admire ma puissance;
« Vois combien en un jour je couvre de pays !

« Sorti des cieux, dès ma naissance,

  « Je me déborde immense

  « Dans les champs envahis.

« Mais toi, sous les roseaux l'œil te découvre à peine;

  « Du midi la brûlante haleine,

« Ou deux bœufs altérés vont épuiser ton eau.

« Tandis que, déroulant mes ondes sur la plaine

« Et grossissant mon cours de tout ce que j'entraîne,

« J'emporte confondus le pâtre et le troupeau,

« Et fais craindre à la terre un déluge nouveau. »

« — Ma marche est moins rapide, et pour cela plus sûre,

  « Dit le Ruisseau; je ne me flatte pas

    « D'attrister la nature,

    « De causer des dégâts.

« Je me plais au contraire, en suivant la prairie,

« Je me plais à donner la fraîcheur et la vie.

« Tu les ôtes partout, et partout je les rends :

« Ainsi que nos destins nos goûts sont différens.

    « Heureux sur mon passage,

« Les saules que j'arrose unissent leur feuillage,

« Et sur mon lit étroit leurs flexibles rameaux,

    « Se courbant en berceaux;

   « Joignent la fraîcheur de l'ombrage

    « A la fraîcheur des eaux.

« Sans jamais s'épuiser, ma source désaltère

   « Et les moutons et la bergère :

     « Son image légère

« Embellit mon cristal, je rafraîchis son teint.

  « Moins que ton sort le mien est incertain ;

« Je coule lentement, mais je coule sans cesse.

« Tu n'étais pas hier, peut-être que demain

« Les yeux du voyageur te chercheront en vain.

« Tu ne fais que de naître, et dans ta folle ivresse,

« Tu portes en tous lieux la mort et la terreur ;

   « Mais, dans ton aveugle fureur,

     « Dévorant les rivages,

« Tu t'épuises toi-même en tes propres ravages.

« Tandis qu'ici je perds le temps en vains discours,

« Le troupeau qui te fuit et que la soif dévore,

« Se presse sur mes bords : je vais à son secours ;

« A demain, si pourtant demain tu vis encore. »

   Le lendemain avant l'aurore,

Le Torrent orgueilleux avait fini son cours,

   Et le Ruisseau coulait toujours.

FABLE 6.

<small>(IMITATION DE L'ITALIEN.)</small>

De sa beauté
Certaine Rose un peu trop vaine,
Penchée au bord d'une fontaine,
Contemplait avec volupté
Se peindre dans l'onde limpide,
L'éclat de sa vive couleur.
Mais tout à coup un vent rapide
Vint frapper l'orgueilleuse fleur.

Ses feuilles disséminées
Sur la surface de l'eau,
Par le cours du ruisseau
En un instant sont entraînées.

Sur le fleuve du temps, avec rapidité,
Ainsi fuit la beauté.

Les Bulles de Savon.

FABLE 7.

—

Chez un certain conteur, dont je tairai le nom,
J'ai lu qu'un jeune enfant, (les jeux sont de cet âge)
    Enflait par badinage
    Des Bulles de savon.
    Une plume légère
    Lui servait d'instrument,
    Qu'il plongeait dans un verre,
Qu'il retirait en soufflant doucement;
  L'onde s'arrondissait en sphère,
Et se prêtant au désir enfantin,
Grossissait par degrés, devenait globe enfin.

Du tube alors le ballon se dégage ;
Balancé mollement, dans l'atmosphère il nage ,
Emporté par les vents.

Du soleil les rayons tremblans
Viennent frapper sa surface arrondie ;
Et leur lumière réfléchie
Répète dans les airs
De mille objets divers
L'image gracieuse.
D'Iris tantôt l'écharpe radieuse
Se peint sur le cristal du globe voyageur;
On distingue chaque couleur,
Chaque nuance se dessine.
Ainsi qu'en un miroir, tantôt on voit aussi
L'image en raccourci
De chaque objet qui l'avoisine :
Tracés sur ses contours,
Des palais et des tours,
Des arbres, des campagnes,
Des vallons, des montagnes,
Tournent en même temps, emportés dans son cours.

Un autre enfant, plus simple encore,
Voyant passer ce globe errant,

Du phénomène qu'il ignore,
Admire avec étonnement
    L'effet charmant.
Pour lui, c'est un nouveau prodige,
Et, l'apercevant qui voltige,
Sans savoir ce que c'est, il brûle du désir
    De le saisir.

Dans les ondes des airs porté par le zéphir,
Le globe tour à tour et s'élève et s'abaisse.
    L'enfant sur ses deux pieds se dresse,
    Lève les bras, croit le tenir,
Et, pour dernier effort, dans son impatience,
    Vers l'objet il s'élance ;
    Mais en faisant un léger saut,
    Soudain l'air qu'il agite
    Le reporte plus haut.
L'enfant impatient revole à la poursuite
    Du globe précieux
    Qu'il suit toujours des yeux.
Il le voit de nouveau s'abaisser vers la terre,
Et, craignant de le perdre une seconde fois,
    Il court... puis il approche en tapinois,
    Le guette... entre ses mains le serre.

                      4

A peine est-il touché, l'objet s'évanouit,
Et l'air dans l'air s'enfuit,
Du jeune enfant entre les mains avides,
Ne laissant qu'un impur limon.

Ainsi les hommes cupides,
Par leur folle ambition
Sont trompés toute la vie.
Ils poursuivent avec ardeur
Un objet qui de loin leur paraît enchanteur ;
Et cet objet de leur envie
L'atteignent-ils enfin , qu'est-ce le plus souvent?...
Du vent.

Les deux Roses.

FABLE 8.

Dans le même jardin,
Sur le même buisson, le souffle du matin,
Avec l'aurore,
Deux Roses fit éclore,
Riches également en fraîcheur, en beauté.
Mais l'une d'elles,
C'est le défaut de quelques belles,
Conçut en s'admirant un peu de vanité.
« Serait-ce dans l'obscurité

« Pour demeurer ensevelie,

« Que les Dieux me firent jolie ?

« Non, déployons à tous les yeux

« Les dons que j'ai reçus des Cieux ;

« De leurs bienfaits faisons usage :

« J'ai la beauté, régnons, c'est mon destin,

« Sur toutes les fleurs du jardin. »

Elle dit, se fraie un passage

Au travers de l'épais feuillage,

Au-dessus du buisson lève un front radieux.

Bientôt le Zéphir amoureux

Vient la caresser de son aile ;

Un jeune essaim de papillons,

Pour fêter la beauté nouvelle,

Accourt de tous les environs.

Elle entend sans cesse autour d'elle

Murmurer ces mots : « Qu'elle est belle !... »

Comment être insensible à ce discours charmant !

Pour choisir une fleur, entre dans ce moment

De Flore un jeune amant.

En voyant du jardin le brillant assemblage,

Il admire partout l'éclat et la fraîcheur

De chaque fleur ;

Les plus belles surtout reçoivent son hommage.

En parcourant ce parterre enchanteur,
Il arrive bientôt vers le buisson de roses.
Parmi les fleurs nouvellement écloses,
　Une vient de fixer ses yeux ;
　C'est la Rose au front orgueilleux.
　En la voyant, il oublie
　Toutes les fleurs du jardin :
　C'est à ses yeux la plus jolie.
Mais voulant faire un choix certain,
Avant de la cueillir, il cherche encore ; il ouvre
　Le buisson, et soudain,
　O surprise ! il découvre
　Une Rose plus belle encor.
　C'est la Rose modeste et sage,
　Qui, sous un protecteur ombrage,
De ses attraits conservait le trésor.
　Du grand jour l'haleine brûlante
　N'avait point terni sa beauté :
　Son calice était humecté
　Sous la feuille rafraîchissante ;
Un souffle impur, une main imprudente
　N'avaient pas flétri cette fleur.
　Fraîche comme l'Aurore,
　Dont elle était la sœur,

Par sa vive couleur

Elle la surpassait encore.

Elle a fixé le choix de notre amant de Flore :

Il la cueille aussitôt ; et, l'ayant à la main,

Sans chercher davantage,

Il fait voir aux fleurs du jardin,

Que, par un pompeux étalage,

Leurs attraits quelquefois

Attirent quelque hommage ;

Mais que, pour faire un heureux choix,

Avant qu'on ne les cueille,

On cherche encore sous la feuille.

Les deux Tonneaux.

FABLE 9.

Pourquoi me préférer mon voisin d'ici-bas ?
Disait un Tonneau vide au maître d'une cave ;
Et quel mérite a donc, avec tout son air grave,
    Un Tonneau qui ne parle pas ?

Le peu de bruit qu'il fait m'est d'un heureux présage,
    Lui répond le maître fort sage ;
    Et toutes les fois que je veux
    Goûter d'un nectar savoureux,

Je m'adresse au Tonneau de modeste langage.
Toi, tu parles bien haut, mais tu sonnes le creux.

De montrer de l'esprit parmi les plus avides,
Combien d'hommes aussi ne sont que Tonneaux vides.

Le Moucheron,

ET

LE MIROIR QUI GROSSIT.

FABLE 10.

Près d'une Glace grossissante,
Un Moucheron passait en bourdonnant;
La Glace courbe lui présente
Son portrait mille fois plus grand.
  « Ce Miroir est fidèle,
  « Dit-il, en s'arrêtant :

5

« Voilà ma taille naturelle ;

« C'est bien la grandeur de mon aile :

« Ma trompe est comparable à celle

  « Du plus bel éléphant. »

Le Moucheron triomphant

Admire avec complaisance

Sa force et son élégance.

Il se croit le roi des airs,

Veut soumettre l'univers

A sa toute-puissance.

Il part : « Quel est, dit-il, cet oiseau si petit ? »

Il s'en approche ; l'hirondelle,

Le voyant passer tout près d'elle,

Ouvre le bec et l'engloutit.

Ne nous servons jamais d'un Miroir qui grossisse :

A nos yeux seuls nous serions grands ;

Et nous pourrions heurter, à notre préjudice,

Contre aussi vains que nous et contre plus puissans.

La Couvée.

FABLE 11.

Dᴀɴs le même panier se trouvaient par hasard
OEufs de pigeon, de poule et de canard.
Du besoin d'être mère en ce moment pressée,
Une poule survient, se couche sur les œufs,
Les échauffe, les couve, en s'étendant sur eux,
Les anime. Bientôt la coquille cassée
Laisse échapper des fragiles prisons
Une famille empressée et nombreuse.
Au milieu d'elle alors la poule heureuse
S'avance avec orgueil, s'agite en cent façons,

Appelle ses petits, leur donne la pâture;
  Et si, par aventure,
Un orage survient, notre poule aussitôt
  Se grossit, écarte son aile,
  Et fait disparaître sous elle .
Tous ses poussins blottis à l'abri comme au chaud.

Les petits cependant grossissent; avec l'âge,
On les voit différer de goûts et de plumage.
 Celui qui sort d'un des œufs de canard
A le bec aplati, le naturel criard;
On trouve l'air plus faible, une voix plus plaintive,
Quelque chose à la fois et de tendre et de bon
Dans celui qui provient d'un des œufs de pigeon.
La poule néanmoins, toujours mère attentive,
Les trouve tous charmans; ce sont de vrais bijoux:
  N'est-elle pas leur mère à tous!
Elle ne met entre eux aucune différence;
  Et de chacun prévoyant les besoins,
Elle prodigue à tous sa tendresse et ses soins.
Mais au bonheur, hélas! succède la souffrance.
De pigeons dans les airs passe un essaim nombreux,
Les pigeonneaux les voient et partent avec eux,

Laissant la poule désolée,

Qui vainement les suit encor des yeux.

A quelque temps de là, notre famille ailée

Passe près d'un étang ;

Des canards sont sur l'eau, les canards à l'instant

En criant battent l'aile et s'y jettent en foule :

Les poulets seuls restent avec la poule.

Ma poule est la nature, et ses poussins, c'est nous.

Ce ne serait pas sage,

Que de nous proposer le même but à tous :

Nous différons de goûts ainsi que de visage.

Pensée,

A LA VUE D'UN ARBRE GREFFÉ.

Par quel ordre caché, par quel secret mystère,
Dans des pores nouveaux la sève nourricière,
Se prêtant aux désirs de l'homme industrieux,
Change son fruit sauvage en un fruit savoureux?

Voyez cet Arbre épais dont les branches ployées
Portent sur le gazon, par leur fruit surchargées;
Orgueilleux aujourd'hui de sa fécondité,
Son front de fruits vermeils se pare avec fierté.

Avant que dans son sein une écorce fertile
Donnât un nouveau cours au suc qu'elle distille,
Un fruit dur, âpre, vert, justement délaissé,
Pourrissait en tombant sous l'Arbre méprisé ;
Mais, depuis qu'une main, savante à la culture,
Par un art merveilleux, a changé sa nature,
Beau, fertile et couvert de fruits délicieux,
Il est et l'abondance et l'honneur de ces lieux.

La nature, empruntant cent formes admirables,
Varie à l'infini ses œuvres innombrables ;
Et, favorable à l'homme, pour prix de ses travaux,
A ses nombreux bienfaits joint des bienfaits nouveaux.

~~~~~~

Table des Matières.

FIN.

www.ingramcontent.com/pod-product-compliance
Lightning Source LLC
Chambersburg PA
CBHW060838180626
46818CB00004B/1497